Contos do divã

Copyright © 2007 Sylvia Loeb

Direitos reservados e protegidos pela lei 9.610 de 19.2.98. É proibida a reprodução total ou parcial sem autorização, por escrito, da editora.

Dados Internacionais de Catalogação na Publicação (CIP)
(Câmara Brasileira do Livro, SP, Brasil)

Loeb, Sylvia
    Contos do divã: (pulsão de morte -- e outras histórias) / Sylvia Loeb. -- Cotia, SP: Ateliê Editorial; São Paulo: Instituto Sedes Sapientiae, 2007.

    ISBN 978-85-7480-373-9.

1. Contos brasileiros 2. Psicanálise I.Título.

07-9359   CDD-869.93

Índices para catálogo sistemático:
1. Contos: Literatura brasileira   869.93

Direitos reservados à

ATELIÊ EDITORIAL
Estrada da Aldeia de Carapicuiba, 897
06709 300 – Granja Viana – Cotia – SP
Telefax (11) 4612 9666
www.atelie.com.br – atelieeditorial@terra.com.br
2007

Foi feito o depósito legal

Sylvia Loeb

Contos do divã
*(pulsão de morte...
e outras histórias)*

Para

Patricia
Carla
Andre

e também

Helena
Rachel
Luiza

Sumário

Pulsão de morte...

13	A encantadora de mentes
15	Ménage à quatre
19	Testemunha
25	Falar ou dizer
29	A pedra ou o medo de Ana
37	Atrás daquela porta
39	Apolo ou para que serve uma análise?
49	Maria, Ana e a questão judaica
53	Efebo
55	O que deseja Maria?
59	Tudo bem
63	Aprendizado de línguas
73	Diálogos
77	Acorrentados
79	O lugar das mulheres
85	Alívios
87	A menina do lado de lá
93	Bela Adormecida

... e outras histórias

101 A noivinha
103 Aflição na boca do estômago
105 Enjôo
107 O Andarilho
109 Desde pequena
111 Era uma noite de luar e eu estava só,
113 Captura
115 Encontro marcado
117 Luzia de noite e de dia
119 Morto
121 Máquina de filmar
123 UTI
125 O banho
127 Paixão
129 Uma foto
135 Family life

137 *Pós-escrito*

Um texto, quatro olhares

141 Algumas palavras
    por Cristina Perdomo
143 Flashes sobre a vida
    por Luís Carlos Menezes
147 Histórias mínimas da vida cotidiana
    por Silvia Leonor Alonso
149 Seria esse o *pathos* da psicanálise?
    por Sérgio Telles

Pulsão de morte...

A ENCANTADORA DE MENTES

Maria fala bem, muito articulada e fluente, esse o seu problema. Sente-se tomada pelas palavras, começa e não pára mais. Elas formam-se abundantes, pérolas em colar.

Ana vê o prazer que Maria tem na boca. Ela saboreia as palavras, passa-lhes a língua, a garganta harmoniza-se com a respiração. Não sobra nada, não falta nada. Poesia pura na forma, no som. Fascinada, Ana deixa-se levar pela cadência das frases. Difícil interrompê-la, seria uma violência para ambas.

Aos poucos, contudo, percebe estar vivendo não um sonho, e sim pedido de ajuda.

Procura entender o que se passa, mas perde-se novamente naquele devaneio. Imagina-se diante de uma feiticeira que usa as palavras como um faquir usa a flauta para encantar as serpentes.

Consegue ouvir que Maria se separou do terceiro marido, que perdeu um segundo emprego importante, que não tem amigos.

– *Por que tantas perdas? O que pensa que aconteceu?* pergunta Ana na sua linguagem prosaica, equilibrando-se num mar que sabe perigoso. Ulisses e o canto das sereias.

Maria conta um sonho.

– Dos bolsos de minha capa azul saem torrentes de palavras que dançam no ar antes de caírem no chão e escorrerem como água de chuva. Quero segurar, quero prendê-las, mas são vivas, não consigo.

– *Percebe que as palavras falam por você? Que são autônomas? Que precisa aprender a domá-las?*

Maria levanta-se e, num gesto amplo, fecha-se na imensa capa azul. Corpo bem protegido, vai embora.

Sem uma palavra.

MÉNAGE À QUATRE

Veio procurar ajuda para o marido. Era ciumento, ciumentíssimo, controlava os passos, os telefonemas, as saídas dela.

– *Não posso ajudar seu marido por seu intermédio. Só posso ajudá-lo se ele quiser, se vier me procurar.*

Maria, decepcionada, vai embora.

Uma semana depois volta dizendo que precisa de ajuda – para entender o marido.

São casados há sete anos, ele bem-sucedido, trabalha no mercado de capitais. Ficaram ricos em pouquíssimo tempo, já têm casa de campo, casa de praia, barco, dois carros. Ele ajuda a família dela, estão construindo uma casa imensa.

O casamento vinha mais ou menos mal, ele chegava tarde, ela fazia compras, muitas compras, cuidando dos filhos pequenos – colégio, aula de dança, de judô, escolinha de arte, aulinha de inglês, escolinha de arte, compras, muitas compras.

Um dia, numa conversa, ele pergunta de um antigo namorado. Ela conta os detalhes que ele quer ouvir. Tudo nunca passou de um beijo. Casou virgem, sexo antes do casamento, só pensar! A partir desse dia, acontecem cenas de ciúmes, verdadeiras sessões de tortura. Ele agitado, acusador, quer detalhes que não existiram.

Diz que ela mente, que esconde coisas, pergunta se teve prazer no beijo, se foi beijo de língua, se ainda se sente excitada ao falar disso. Acuada, não consegue pensar, não sabe o que responder. O menor sinal de hesitação ou negação é interpretado como mentira. A essas brigas, seguem-se relações sexuais intensas, quando ele a chama de puta, à-toa, vagabunda, vadia. Às vezes bate nela.

(Tudo muito excitante, pensa Ana.)

Maria conta sempre a mesma história. Mero objeto de ciúme do marido, não é responsável pelo que lhe acontece.

– Será que você o excita com essas histórias que ele lhe obriga a contar?

– Será que você se excita com as histórias que ele lhe obriga a contar?

Por muito tempo as mesmas histórias.

– Parece que vocês conseguiram um jeito muito especial de salvar um casamento que vinha murchando. Ele com duas mulheres, uma, a amante, a puta, a vadia que o engana e que o excita muito. Outra, a esposa, a mãe dos filhos. E você também, dois homens – o amante que a tortura, a chama de puta, a deseja, bate em você, e o outro, o marido provedor, o pai de família.

– Nunca me senti tão mulher, tão desejada, diz Maria, olhos semicerrados, cabeça jogada para trás num gesto desafiante e sedutor.

Testemunha

Menina linda a Maria.

Pele de pêssego, dentes alvos, cabelo saudável.

De família tradicional a Maria.

Muito sensível. Saúde delicada. Desmaiava quando nervosa.

Namorava há muito. Estava noiva. Apartamento, até móveis. Tudo pronto.

Planos para depois do casamento, pós-graduação fora do Brasil, lá, onde era bom para ele.

Simplesmente assim, sem acordo prévio. A mulher acompanha o marido.

Não gostou.

Transavam pouco, mal.

Os dois sem experiência.

Conhece então um professor de ginástica.
Forte. Bonito. Atlético.
Falava pouco e mal articulado.
Outro universo.
Transava bem.

Transavam todos os dias, muitas vezes ao dia, aprendeu a gozar.
Gostou.

O noivo começou a estranhar
— O que está acontecendo? Você está distante.
Maria calava.

Ana acompanhava, como testemunha, os caminhos e descaminhos do desejo de Maria.

Maria encorpou, ficou ainda mais bonita.
Desmanchou o noivado.

Escândalo.

Mãe chorou, ameaçou, se desculpou com a família do noivo.

Pai deprimiu.

Eles transando. Sem troca, sem conversa.

Ele lhe dava presentinhos, bilhetinhos de poucas palavras, fotos.

Começou a sentir vergonha.

Como apresentá-lo aos amigos?

E à família?

Malvestido, moleton, tênis, brinco na orelha.

Não sustentava conversa.

Conheceu um outro rapaz.

Charmoso, elegante, bem situado na vida.

Encantou-se.

A vergonha cresceu.

Jogou fora fotos, presentinhos, bilhetinhos.

Picou tudo, queimou.

– *Apagando os rastros?*

– ... É...

Maria calava. Grandes silêncios.

– *É vergonha de falar?*

– Vergonha, humilhação.

– *De ter sido capaz de acabar um noivado já sem sentido, ter encontrado alguém que lhe ensinou a fazer amor. Humilhação?*

Maria dispensou o professor de ginástica.

E a analista também.

– Não venho mais.

– *Por quê?*

– Não quero, não preciso.

– *Apagando todos os rastros?*

– ...

Poucos anos mais tarde Maria e Ana se encontraram.

Por acaso.

Maria com um filho na mão, outro na barriga.

Passou por Ana.

Nem sinal de reconhecimento.

Linda mulher a Maria.

Pele de pêssego, cabelo saudável, dentes alvos.

De família tradicional a Maria.

FALAR OU DIZER

Estou triste, muito deprimida, solta no ar. Fui casada por quase quarenta anos, uma vida. Ele era muito mais velho, me tratava feito filha, filha única, mimada. Me achava linda, tinha orgulho de mim, gostava de me mostrar. Viajávamos bastante, ele cuidava de tudo, me levava para lugares novos, gostava de me mostrar o mundo. Nunca tive talão de cheques, não sei usar, nunca precisei. Não tivemos filhos, ele não podia, não fez falta. Sinto demais a perda de meu marido, me sinto só, angustiada. O que vou fazer de minha vida? Não tenho família nem amigos. Os amigos eram dele. Nunca trabalhei, ele não queria, sempre fui dona de casa, vivíamos um para o outro. Sinto demais a falta dele, fico sozinha, deprimida, gostei muito de perder meu marido. *Gostou muito de perder seu marido!??!* Se eu gostei de perder meu marido? Do que você está falando? *Foi o que a senhora disse.* Não. Eu disse que senti muito perder meu marido. Me sinto mal, tenho medo de morar sozinha, tenho medo de ficar doente. Quem vai tomar conta de mim? Depois de tantos anos juntos, me sinto mutilada, não era para ele ter morrido, ter me deixado. Fiquei contente que ele morreu. *Ficou contente que ele morreu?* Você não está entendendo o que estou falando! *Acho que a senhora deixou escapar.* Não era isso que eu queria dizer, o que queria dizer é que me sinto perdida sem ele. Tenho medo de ficar mais deprimida ainda. Quem vai cuidar de mim? Fui mal-acostumada por ele, que me amava mais do que tudo no mundo. *E a senhora? Também o amava?* Eu?! Claro! Amava demais. Ele era tudo para mim. Sem ele não sou ninguém. O que vai ser de mim? Não era para ele ter morrido. Tenho muita raiva dele. *Tem muita raiva dele?* Você entendeu que eu tenho

raiva dele? Eu o amava muito, fui muitíssi-
mo amada.

Cinco sessões.

Dona Angélica dizia o que não devia.

Depois não veio mais.

Alguns meses mais tarde Ana soube que ela
se casara novamente.

A PEDRA OU O MEDO DE ANA

Pouco cabelo, parecia careca. Não era. Parecia magrinho, franzino, mas era forte, musculoso, puxava ferro. Chegou chorando. Tudo que fazia era malfeito, deveria ser melhor, muito melhor.

Morava com a mãe, também triste, queixosa. Queria sair de casa, não podia, devia cuidar dela. Tinha uma profissão de que gostava, fazia um trabalho que odiava. Precisava ganhar dinheiro.

Da namorada não gostava.

— Tenho pena, não posso me separar.

— *Pena dela?*

– É muito frágil, precisa de mim.

Dúvidas. De tudo. Obrigação, deveres, estava sempre em falta.

Chorando chegou, chorando permaneceu.

As sessões se sucediam, sempre iguais, como um disco. Choro, queixas, auto-recriminações, culpa.

Ana não tinha o que dizer, só o que pensar. E o que pensava ainda não podia falar, não iria resolver. Mas podia ouvir. Ouvia João. E ouvia a si mesma.

Sentia medo, fantasia de ser morta, enterrada no fundo do jardim. Começou a trancar o resto da casa quando João chegava ao consultório. Ele ia embora, ela abria a casa.

João chorava e se queixava.

E Ana com medo.

O pai dele tinha abandonado a mulher, os filhos, fora embora para nunca mais voltar. João ficou no seu lugar para tomar conta de tudo – da casa, da mãe, dos irmãos. Assim ele entendia.

A irmã saía, viajava, ia e voltava, livremente. O irmão também.

Ficou João, de guardião.

Casa antiga, tudo igual ao que sempre fora. Menos a mãe, que arranjou um amante, o jardineiro. No começo João ficou chocado. Depois também.

E ele ali, tomando conta de tudo.

Queria sair de casa, mudar.

– Não posso abandonar minha mãe, muito frágil, precisa de mim.

– *Quem é frágil?*

– Minha mãe, muito frágil.

Chorava, queixava-se.

Queria mudar de emprego, não conseguia.

– Os sócios precisam de mim.

Chorava, queixava-se.

O pai, sempre o pai. Queria mostrar a ele o quanto valia. Como era bom filho, como cuidava de tudo.

– *Será que precisa mostrar que não abandona nada nem ninguém?*

– ...

– *Será que quer mostrar que é melhor que seu pai, que é responsável, diferente dele? Mas ao mesmo tempo se sente frágil e precisando dos outros?*

– Eu??!! Meu pai??!! Frágil?!!?

Ana fechava a casa, tinha medo, medo de ser surpreendida por João. E assassinada. E enterrada no fundo do jardim.

Seria ódio? Ódio assassino o que João sentia pelo pai? Travestido, disfarçado em amor, ódio ao qual não tinha acesso? Que poderia irromper num ataque de fúria? Contra quem?

Ana tinha medo.

– Meu pai nunca me valorizou. Uma vez, numa competição, tirei o segundo lugar. Parecia que tinha sido o último. Meu pai ficou triste, desiludido, depois ficou bravo. E eu, destruído.

Análise sofrida.

Ana pensando, sem poder falar ainda no amor passivo de João pelo pai, no gozo que ele sentia em ficar nessa posição sofredora. E no ódio. Igual ao da mãe que, apesar do amante, cobrava do ex-marido o fato de ter sido abandonada. E cobrava do filho.

– Você quer mudar de casa? Para quê? Essa casa é grande, espaçosa.

– Por acaso você sente ódio de sua mãe?

Chorou muito. Levantou-se, saiu. Deu por encerrada a sessão.

Ana surpreendeu-se.

Surgiu um homem no lugar do menino chorão. Ele estava lá e não sabiam. Nem Ana, nem João.

– Tenho uma lembrança que se repete. Eu na praia, dentro da água, em cima de uma pedra, meu pai nadando, me chamando para eu pular. Está de costas, devo pular e me agarrar nos seus ombros. Tenho medo, não tenho confiança, fico pregado na pedra.

– *Pregado na pedra?*

– É assim que me sinto, pregado na pedra, não saio, não pulo, estou pregado.

– *Quem é seu pai?*

– Quem é meu pai!!?!?!

Levantou-se, saiu.

Surgiu o homem no lugar do menino.

(Despregando da pedra? Talvez...)

– Escrevi uma carta ao meu pai. Escrevi tudo o que penso dele, o quanto é importante para mim, o quanto o amo, o quanto o odeio. O quanto o odeio. Não sabia disso... Tenho muito ódio dele, mas o amo muito também. Não sei se vou mandar essa carta, mas me sinto mais leve, parece que saiu um peso de cima de mim.

Secou o choro, voz triste, calma.

Deu por encerrada a sessão.

Aos poucos Ana deixou de trancar a casa.

João separou-se da namorada, dos sócios, projeto de mudar de casa.

– Quero parar a análise. Andar com meus próprios pés. Aprendi a dizer não.

(Pulou da pedra? Talvez...)

João foi-se embora e levou com ele o resto do medo que Ana sentia.

ATRÁS DAQUELA PORTA

– Ouço os dois. Eles sussurram, gemem, suspiram. Respirações ofegantes, as camas rangendo, cochichos, sons das taças, dos brindes sendo feitos. Será que não vão me dar sossego? Ele urina sonoramente na bacia, a água do chuveiro corre, o riso dela, jovial. Me chamam para tomar o café-da-manhã. Não sabem que tudo isso é uma tortura para mim? Por que não trancam, não lacram essa porta entreaberta no corredor estreito? Fico perturbada, enojada, com muita raiva.

(E excitada e excluída, pensa Ana.)

– *Por que não olha pela porta entreaberta?*

– Olhar pela porta entreaberta!?!

– *Será que é intolerável para você abrir a porta e ver as dentaduras no copo, seus pais velhinhos que gemem para deitar, que gemem para levantar, com dores nas juntas, precisando de você?*

– Você não está me analisando! Mandar eu olhar pela porta! Minha ex-analista jamais diria isso!

Nunca mais voltou.

APOLO OU PARA QUE SERVE UMA ANÁLISE?

Surgiu no consultório, andando muito devagar, um passo após o outro. Olhava atentamente para os pés, podiam desobedecê-lo. Louro, altíssimo, estrutura grande, antes recoberta por músculos fortes e alongados. Fora atleta, campeão de nado livre, grandes distâncias, sempre no mar. Medalhas. Príncipe submarino, viking.

Agora, sol apagado.

Olhar agudo, penetrante, a voz firme.

Tinha Aids.

Conta sua história. Recém-saído da morte, ataque generalizado de doenças oportunistas, pneumonia atroz, meses no hospital. Ana não conseguia falar, nem pensar, mal ouvir.

Só queria chorar e chorar não podia. Abafou um soluço, o primeiro de muitos.

– *O que espera desse trabalho?*

– Que me ajude a viver.

Único menino numa família de quatro irmãs. Ascendência estrangeira, moral rígida e puritana, pai distante e exigente, querendo fazer do filho o homem que ele jamais seria.

– Você tem de ser o primeiro em tudo ou não vale nada, lhe dizia o pai.

– Você nunca vai ser nada, lhe repetia.

Modo eficaz de paralisar João em duas exigências inconciliáveis.

Quem era João? Não sabia. Apenas sabia que não conseguia ser o primeiro. Acreditava ser nada.

Comia mal, morava mal, não cultivava as amizades, não conseguia se manter no trabalho, destruía tudo que pudesse trazer estabilidade e equilíbrio, "chutava o balde".

Mãe triste, jamais foi mulher, mãe amorosa ou amante do pai.

Tinha pena dela, queria seu amor. Que lhe era negado.

– Você escolheu essa vida.

As irmãs, uma vivendo na Europa; outra, homossexual talvez; uma trabalhava com o pai; outra, mãe dos sobrinhos de quem João queria chegar mais perto.

– Vejam bem o exemplo do tio de vocês: doente, magro, sem emprego, parece um mendigo, longe de nós, disse ela aos garotos, depois de um almoço em família.

– *E não disse também que você era aidético?*

Como ministrar a violência a que era submetido? Como levá-lo a perceber a posição na qual se colocava?

Culpa imensa, inexpiável. Miséria, doença, abandono, vergonha, falta de dinheiro, era tudo que merecia. Quanto pior, melhor. Crença profunda na espiritualidade da alma, na vida após a morte.

Ana só sabia do emocional.

O resto, só Deus.

A agressividade recusada e represada irrompia em brigas mesquinhas, implicâncias. Com Ana, mesuras excessivas, cansativas. Infindáveis.

– *Todas essas cortesias são para me acalmar, para que eu não o castigue?*

Pedia punição, pena capital. Na ausência disso, sentia-se só, desamparado.

Quis ir embora.

Foi embora.

Voltou depois.

– Sempre chutei o balde, ia embora quando as coisas ficavam difíceis. Nunca consegui desenvolver um trabalho; quando estava ficando estabilizado, jogava tudo pra cima.

– *Será que fazendo assim, ao mesmo tempo você desobedecia e obedecia a seu pai?*

– Como?!

– *Se chutar o balde, desobedece, não vai ser o primeiro. Se chutar o balde, obedece, jamais será alguém. Preso pelo pai: desobedecendo, obedecendo.*

– Nunca pensei assim. Estou tonto.

Não chutou o balde da análise.

Falava de sua sexualidade, amortecida, machucada.

– Olho os rapazes, não tenho mais aquele desejo desenfreado que tinha. Era muito louco, muito promíscuo, fumava maconha, saía com qualquer um. Me dava uma angústia, saía por aí.

– Nunca teve um caso de amor?

– Não, nunca... nunca amei, nunca fui amado... tinha medo... Sabe, tenho pensado em arrumar uma namorada, uma mulher, casar, ter filhos. Olho as meninas, olho seus peitinhos, gostaria de ter uma mulher, filhos, família. Começo a imaginar que posso merecer isso... Antes, pensava que nunca poderia ter uma relação sexual com uma mulher, isso seria submetê-la à violência. Era assim que via minha mãe, violentada por meu pai.

João morava de favor com uma colega da congregação a que pertencia. Detestava tudo, a casa, a colega, o quarto, a comida, o cheiro. Espaço reduzido que ele invadia, espalhava suas coisas, deixava a dona da casa possessa, brigavam.

Começou a ganhar um pouco mais de dinheiro com aulas particulares de inglês.

Mudou-se para uma pensão de rapazes no centro da cidade. Tudo sujo, mal cuidado.

– Olhe onde eu vim parar!... mas pelo menos tenho um quarto só para mim.

Cada vez que usava o banheiro, tinha de fazer faxina. Antes e depois. Antes para limpar, depois para dar exemplo. Nessa pensão fez um amigo, o primeiro amigo, Marlon Brando.

– *Marlon Brando?!?*

– Marlon Brando.

Com o amigo conseguiu alugar um pequeno apartamento, dois quartos, sala, banheiro, cozinha. Nada mais.

Só amigos.

Repetia muitas vezes sua história, agregando pequenas mudanças nos relatos, transformando uma vida que pensava já pronta.

– Agora parece que moro num palácio. Tenho comprado arroz integral, pão preto, fruta fresca; faço minha comidinha quando não estou muito cansado, me alimento melhor. Ponho um CD de música clássica e fico ouvindo na minha cama. Comprei um vaso de planta que pus na minha janela. Todo dia converso, cuido dela. Está se desenvolvendo, desabrochando. Descobri que posso ir ao Ibirapuera aos domingos, é grátis; fui andando, um dia lindo, tinha um belíssimo concerto, cheio de gente, alegre. Preciso sair mais, encontrar pessoas, conversar. Telefonei para aquela minha amiga, ela ficou contente, combinamos de nos ver.

João cada vez mais magro, mais branco.

Queria contar que tinha Aids. Sentia medo. Será que Marlon Brando iria aceitar?

Três vezes por semana ia ao hospital, passava lá a manhã. Medicação pesadíssima, efeitos colaterais pesados, febre alta, tremores, aftas erosivas, gastrite. Escolhia o horário de almoço, refeição balanceada. Grátis.

– Você parece um fantasma, todo branco, falou a enfermeira.

Riu.

Comprou rímel, pintou um pouquinho os cílios, passou blush.

Falava do seu estado de saúde, que não podia mostrar fragilidade, dizer o quanto estava doente.

– Quando me perguntam como estou, digo que estou sempre bem, me mostro muito animado, alegre.

– *Pensa que merece estar doente? Sente muita vergonha e não se dá o direito de pedir ajuda?*

– Passei a economizar saúde. Antes não media esforços, ia além do que podia.

– *Não precisa mais compensar, agradar aos outros para ser querido?*

Planos de futuro, talvez comprar um carrinho.

Apenas uma vez, em três anos, falou em morrer, em desistir.

Saúde cada vez mais precária, esforço

imenso para vir às sessões, ao hospital, às aulas. Sentia-se esgotado.

Pegou gripe forte que se transformou em pneumonia. Hospitalizado, jamais voltou.

Ana foi ao enterro e viu os muitos amigos dele. Cemitério cheio, dia lindo, flores por todos os lados. Queridíssimo e não sabia.

Enterrado debaixo de uma grande árvore, soprava uma brisa leve. Do jeito que ele gostava, disse Marlon Brando.

A reverenda fez uma oração comovente, falou da generosidade e do amor que João tinha e distribuía. Amigos, reconhecimento, saudades, lágrimas. João querido e admirado.

A família, pai, mãe, irmãs, estupefatos.

Os amigos dele chegaram perto de Ana.

Que bom conhecer você!

Você não sabe o bem que fez a João, o quanto mudou sua vida.

Ana pensa que ajudou João a viver.

Maria, Ana e a questão judaica

Parte I

Ato 1

Chega na hora marcada. Morena, miúda, olhos escuros inteligentes. Fala articulada, linguagem, precisa, impressiona.

– Vim procurar você, pois sei que é judia e tenho um problema muito grande com os judeus. Não gosto deles. Esse é um sentimento que não posso aceitar em mim. São muito inteligentes, tenho a maior admiração por eles, mas não são de confiança. Por isso cheguei até aqui. Falaram-me muito bem de você. Por isso quero fazer análise. Com você.

Fala agressiva, sedutora. Ana não sabe o que sente.

Marca nova entrevista.

Ato 2

Alguns anos se passam.

Relação forte e de confiança. Dificuldades externas de toda ordem, de algum modo superadas.

Mais tarde, problemas financeiros intransponíveis. Não pode mais pagar inteiramente suas sessões. É combinado um arranjo até que supere a crise.

Ato 3

Maria deixa de pagar suas sessões e, mesmo inadimplente, continua a análise.

Ana não explicita nenhuma vez a dívida e essa situação prolonga-se por muito tempo.

Ato 4

Ana resolve falar dos honorários devidos.

Maria ofende-se mortalmente e interrompe a análise.

PARTE II

Ato 1

Depois de anos Maria volta. Entrevistas: a questão judaica, honorários devidos, honorários atuais, agenda. Juras de amor. Maria comparece às sessões subseqüentes.

Ato 2

Maria falta às sessões subseqüentes.
Manda avisar.

Ato 3

Maria falta às sessões subseqüentes.
Não manda avisar.

Ato 4

Maria não vem mais.

Última parte

Maria confirma sua tese de que os judeus são uma raça em que não se pode confiar. Tentando ser a exceção à tese de Maria, Ana deixou-se capturar.

Efebo

De dia, gazela; de noite, borboleta, coberta de brilhos, fitas, purpurina. Figura diáfana, cabelos longos e sedosos, presos frouxamente num rabo-de-cavalo. Vestia pantalonas, túnica branca que deixava transparecer pequenos seios de menina. Pele macia, rosada, penugem leve, uso prolongado de hormônios.

Veio encaminhado de um serviço da rede pública de atendimento a transexuais. O pai não aceitava, batia, era violento; mãe carinhosa; o irmão tinha vergonha. Queria ser quem era, mas não deixavam.

Mostra fotos suas: moça linda, cabelos soltos, sorriso largo e branco, olhar perdido.

Gosta de dançar, usa vestidos esvoaçantes, transparentes, saltos altíssimos.

Dizia ser perigoso andar na rua. Olhavam muito, alguns gostavam, sorriam, outros xingavam, até cuspiam. Sentia-se triste por não poder habitar tranqüilamente o corpo que possuía. Espiava os livros de Ana, entrava em sua cozinha, perguntava dos outros clientes, andava por onde não podia, mexia no que não devia.

Do jeito que veio, foi.

Sem mais, sem explicação, sem despedida, sem ligação.

Levou uma caneta, jamais pagou consulta.

Por onde andará, libélula transparente? Queimada por cigarro, atropelada pelo trânsito, esmagada pela vida?

O QUE DESEJA MARIA?

Chegou devastada. O marido tinha amantes, sempre teve. Ela desconfiava, agora tinha certeza. Ele chegava tarde com cheiro de perfume. Enjoativo.

Ela perguntava se havia outra mulher. Ele negava e a procurava sexualmente. Cada vez mais. Ela não queria, mas acabava cedendo. Sentia-se obrigada.

Olhava-o. Dava-lhe nojo, sentia nele cheiro de cama. Ele a procurava, exigia, ela tinha de ceder.

Fala que se repetia, se repetia...

– *Parece que não consegue dizer não a seu marido, será que se sente ameaçada?*

– ... é... acho que sim... me sinto ameaçada...

– *Fale mais sobre isso.*

– Não sei... tenho medo dele...

– *Medo?*

– ... medo de me separar... que ele vá embora... que arranje outra...

Vivia uma rotina.

Ele a procurava, ela cedia. Não brigavam, não conversavam, não havia problemas de dinheiro, preocupação com os filhos ou o que fosse.

– *Parece que seu mundo virou uma grande cama. Será que é só medo o que você sente?*

– ... fico imaginando ele com elas... o que fazem...

– *O que fazem?*

– ... trepam... vejo os dois... sinto ciúmes, raiva...

Chora.

Emagreceu.

Transpira sensualidade.

(Onde está Maria? O que sente? O que deseja? Presa no desejo do marido, quer agradar, matar, se matar. Excitada, ameaçada, excluída, não pode falar de si porque nada sabe de si.)

— Hoje fiquei desesperada. Levei minha cachorra para cruzar, mas ela não deixava. Tiveram de segurá-la, o macho tentou, tentou mas não conseguiu. Me senti essa cadela.

— Presa e submetida?

Começa a chorar.

Sempre a mesma rotina.

Ele chega tarde; ela ciumenta, chorosa. Ele quer sexo, ela cede.

— Não sente raiva de seu marido?

— Raiva?!??!!... não tinha pensado nisso... acho que sim, sinto muita raiva, muita, sinto ódio, você nem imagina quanto...

(E muita excitação também, pensa Ana, ainda sem poder dizer isso à Maria.)

– A história da cadela não me sai da cabeça... fico pensando, me sinto como ela, forçada...

– ... *Mas não tem ninguém segurando você...*

– ...

– Na última sessão você falou que ninguém me segurava. Fiquei chocada com o que você disse, com o que senti... Me senti uma puta, uma à-toa.

– *Uma puta? Uma à-toa?*

– ...

– Estou confusa... ninguém me segura... ninguém me obriga... Por que cedo?

Na sessão seguinte Maria não vem.

Na outra interrompe o tratamento por telefone. Deixa um recado telegráfico na secretária eletrônica.

Tudo bem

– Vim lhe procurar porque minha mulher insistiu, insiste muito. Eu acho que não preciso, mas ela fica me enchendo.

(Mau começo, pensa Ana.)

– E por que ela insiste que venha?

– Não sei... acho que ela pensa que sou muito independente, que não gosto dela. Sou meio calado, não sou de grandes falas, mas gosto muito dela. Temos dois filhos, viajamos bastante, dou tudo o que ela quer, encontro-a três vezes por semana.

– *Encontra-a três vezes por semana?*

– Não moramos juntos. Já fui casado, separei, mas me dou muito bem com minha ex.

59

Moro sozinho, prefiro morar sozinho.

– *E a ex?*

– Me dou bem com ela, não interfere em nada, saímos uma, duas vezes por semana. Ela me ajuda na administração da firma, sempre fez isso, continua a fazer.

– *Por que se separou?*

– ...

– *Não quer falar nisso?*

– Não... é que... tudo isso dói muito... nós tínhamos uma filha ... que morreu...

– ...

– Depois disso foi muito difícil continuar casado. Tudo lembrava minha filha... É difícil...

Levanta-se e sai.

Nas sessões seguintes ele conta que a menina era filha única, ele a amava muito, mais do que tudo na vida. Ela morreu num acidente de carro, quando voltava de uma festa, tarde da noite. Ele entrou em profunda depressão, da qual saiu depois de dois anos. O casamento já terminara. Depois de algum tempo, conheceu a mulher atual, vinte anos mais nova *(idade de sua filha? perguntou-se Ana)*, com quem teve dois filhos.

Jamais quis morar com ela. Apesar de afetuoso, não tinha intimidade nem com a mulher nem com os filhos.

– Não deixo que lhes falte nada, dinheiro, brinquedos, viagens *(e amor? e carinho? pergunta-se Ana)*.

– *Será que você tem tanto medo de perdê-los, como perdeu sua filha, que não deixa que cheguem muito perto?*

– Nada disso, nada disso.

Nas sessões seguintes vem de óculos escuros. E não tira.

– *Por que os óculos escuros? Está muito claro aqui dentro?*

– Não quero mais vir, isto é, não quero mais ver. Ai! Me enganei, não quero mais vir, acho que não preciso, não quero mexer em tudo isso que lhe falei. Meu sofrimento passou, está tudo bem, está tudo bem.

APRENDIZADO DE LÍNGUAS

Getulio Vargas da Silva era seu nome. Uma vez por mês ia ao ambulatório de psiquiatria do hospital para controlar a medicação. Passava por lá outros dias durante a semana, era seu lugar social. Inteligente, vivo, não se contentava com as consultas a que tinha direito e pediu atendimento psicológico.

– Me chamo Getulio Vargas da Silva. Você percebe a responsabilidade? Meu pai adorava o Getulio, queria que eu fosse igual a ele.

– *Igual como?*

– Importante, que fizesse coisas importantes, muito importantes.

Eram seis irmãos, duas mulheres, quatro rapazes, ele, o terceiro filho.

Bonito, 28 anos, moreno escuro, pouca barba, cabelo liso.

– Me olho no espelho e me vejo esquisito. Como posso ser preto e ter cabelo liso? Acho que não sou filho nem do meu pai, nem de minha mãe.

– *Por quê?*

– Meu pai tem cabelo carapinha, minha mãe alisa. De quem sou filho?

– Eu era normal, fiquei assim meio esquisito quando tinha 22, 23 anos, não sei o que aconteceu. Vi a cara do Baiano, um pai-de-santo que morava perto de minha casa, estampada na cara do meu pai. Tinha uns olhos terríveis. Fiquei apavorado, aí bati no meu pai. Então meu irmão me levou pro pronto-socorro e daí para o hospital, onde me deram uma injeção. Fiquei preso, não podia mais sair.

Depois de alguns dias fugi, fui pra casa.

Quando cheguei lá minha cunhada falou – Não é o Getulio? Pegou um crucifixo e falou – Sai espírito! e chamou meu irmão que me levou de volta ao hospital. Não queria ir de jeito nenhum, aí ele falou que era um lugar legal, que iria conhecer umas meninas e me levou para lá. Fiquei internado três meses, todo dia perguntava quando ia ter alta. Um dia ele veio me buscar. Falei – Vamos embora? ele disse que não, que precisava antes falar com o médico. Quando voltou estava com uma cara triste. – Getulio, você não vai ter alta. Depois começou a rir, bateu no meu ombro e disse – Vamos embora para casa.

– Adoro fazer teatro, é isso que quero fazer na vida. Se um ator está no palco fazendo drama, e a platéia ri, então a platéia não entendeu nada, é imbecil. Contei pro meu médico que queria fazer teatro e ele disse que eu estava fazendo drama e riu. Se estiver fazendo drama e o médico ri, então é porque o médico é imbecil? Tem um ator de novela, o Toni Ramos, que é a minha cara, será que sou eu? Tenho certeza de que sou eu, aí olho e não me lembro de ter tirado foto nesse dia. Deve ser por causa dos remédios, fico esquecido. Você acha que sou eu, acha mesmo?

Pergunta, pergunta e exige resposta.

– Por que você não responde, fica olhando desse jeito assim pra mim? Também me acha biruta, loucão?

– *Acho que não é você não; não o acho parecido com você.*

– Também acho que não. E dá risada.

– *Do que você está rindo?*

Ri mais ainda.

– Nada não.

– O que você acha de eu me ver na televisão, nos jornais, nas revistas? Isso é possível? Todo mundo me vê como ator, eu me vejo como ator, dizem que estão fazendo propaganda às minhas custas. As pessoas na rua me olham e dizem – É isso aí cara, não larga a televisão, você é bom, ou, então, você é ruim, criticam. Você acha que é possível ou é minha imaginação?

– Você quer tanto ser ator, batalha tanto por isso, estuda tanto que talvez se veja como ator em todos os lugares.

– Você agora entrou em contradição, desse jeito sou pinel.

(Como pode Ana dizer que o desejo tão intenso de ser ator alimenta sua imaginação e isso não é ser pinel?)

– Louco, xarope, louquinho, é assim que todo mundo me trata. Adoraria ser drogado, sempre quis ser drogado, é melhor do que ser louquinho, xarope. Então tomo os remédios e finjo que sou drogado, é mais bacana, respeitam mais.

– Quem respeita mais?

– Todo mundo. Ninguém te leva a sério se sabe que você toma remédio, todo mundo dá risada. Será que uso as palavras, os verbos de forma engraçada? Acontece a mesma coisa com o Marcelo Paiva, todo mundo dá risada dele também.

– Será que você ri de mim do mesmo modo como dão risada de você?

Ri mais ainda.

– Você é engraçada!

– Os remédios me deixam robotizado, parece que não sou dono de mim, é como se estivesse na lua. Minha boca fala tudo que me vem na cabeça, não sou eu que estou falando, é minha boca.

– Deixe eu fazer uma pergunta, por que você acha que eu tenho de vir aqui fazer psicologia toda semana? Não tenho distúrbio, não sou débil, isso é coisa de gente louca.

– Não é só gente louca que faz psicologia, é gente que quer saber mais de si, se conhecer melhor, saber de seus problemas.

(Batem na porta, é uma outra cliente que Getulio já conhece.)

– Essa tem o mesmo problema que eu?

– Os problemas dela são diferentes, cada pessoa é diferente.

Acena com a cabeça concordando e repete – cada pessoa é diferente.

– Não gosto de vir ao hospital; encontro esses malucos por aí, não me sinto bem. Às vezes estou quieto vendo tevê, aí passa um irmão e olha a parede, a maçaneta, a porta, só para mexer comigo.

– *Getulio, a gente pode ficar olhando a parede, ou a porta, ou qualquer coisa, e isso pode ter a ver com coisas que estão passando pela cabeça da gente e não necessariamente com você.*

– Dá muito desentendimento falar com os outros, pode dar muito desentendimento.

– *Dá muito desentendimento aqui conosco?*

– Não, aqui não dá muita confusão. Daria se você achasse que eu venho aqui porque adoro vir aqui! Ou que eu achasse você fantástica, maravilhosa! Getulio ri, tirando sarro de Ana.

– *E por que você vem aqui?*

– Quando a gente trabalha, vai fundo com uma pessoa, a gente fica pensando.

– Pedra, praia, ponte, papagaio, papel, pobre, palhaço.

As palavras rolam como objetos na boca de Getulio.

De sua boca para os ouvidos de Ana.

Dá risada, tem prazer na sonoridade. Objetos enumerados, sem sentido, não levam a nada, a não ser ao prazer de falar, som, ritmo.

– Você não está entendendo nada, não? Sou biruta? Sou maluco?

(É poeta, Ana tem vontade de dizer.)

Um dia trouxe um caderno todo escrito – poemas, contos.

– Quero que você leia. Agora.

– *Agora não posso, quero ler com mais tempo, mais devagar.*

– Quero publicar. Você arranja alguém para eu publicar?

– *Calma, Getúlio, não é tão fácil assim, você é muito impaciente, tudo tem de ser na hora!*

Dá risada.

– Você é gozada.

– *Você que é gozado, muito apressado.*

– Tchau, doutora, na próxima vez você me diz o que achou.

– E aí, leu os poemas?

– *Li, sim, gostei, você escreve bem.*

– Quero publicar, você me arruma alguém?

– *Olha, Getúlio, me dê um tempo, preciso procurar alguém que se interesse por seu trabalho e isso não é tão fácil. Tem muita gente escrevendo e querendo publicar, não é só chegar e pronto!*

– ...

– Acho que você não gostou, só tá me enganado, ganhando tempo.

– *Por que diz isso?*

– Senão levava, publicava.

– *Não sou editora, não conseguiria publicar nem se quisesse. Mas parece que você ficou muito triste de não ter as coisas que você quer na hora.*

– Não fiquei não.

– *Só porque não posso publicar na hora, você pensa que não gostei do que escreveu.*

– Gostou mesmo?

– *Gostei.*

– Rasguei tudo, piquei tudo.

– *Por quê?!??!!*

– Ah! Isso não interessa, bobagem.

– *Você ficou com raiva de mim e destruiu tudo?*

– Fiquei com raiva, sim, fiquei com raiva de tudo, de você, de mim, das porcarias que escrevi.

– *!!!!!...*

(Por não entender a língua de Getulio, Ana não se deu conta do que ele estava dizendo. Ainda teria muito a aprender...)

Diálogos

Ele telefonou aflitíssimo.

– Preciso marcar um horário, não é para mim, é para minha filha.

– *Que idade tem sua filha?*

– Quinze anos.

– *Ela quer vir?*

– Quer, quer...

Chegam na consulta antes da hora. Agitado, ele fala muito, essa é minha filha, desejo que fale com ela, que a convença a não viajar.

A garota, adolescente, mal-humorada, queixo projetado para cima, boca cerrada com determinação.

– *Vamos entrar?* Ana convida os dois.

– Não, não, ela entra sozinha.

A menina levanta-se e dirige-se para a sala de consulta.

– *O que trouxe vocês aqui?*

– Nada, não tenho o que falar, não tenho o que discutir, não queria vir, não preciso vir aqui. Já falei para o meu pai.

– *Mas já que veio, não poderia contar do que se trata?*

– Quero viajar, encontrar minha mãe que mora fora, quero ir morar com ela. Meus pais são separados, ele não quer me deixar, mas vou assim mesmo.

– *Você tentou falar com ele?*

– Não adianta, ele não quer ouvir, é por isso que minha mãe foi embora e eu não quero mais falar disso.

(Estaria repetindo o gesto da mãe, indo embora sem conversa, sem explicação?)

– *Parece que o diálogo não é bem-vindo em sua casa.*

– Não, levanta-se para sair, não é isso.

– *Talvez quisesse que seu pai conversasse com você, em vez de lhe trazer para falar com uma psicóloga que não conhece nem pediu para conhecer.*

Esse é o único momento em que Maria olha de fato para Ana.

– É isso mesmo, diz, e dirige-se à porta.

Na sala de espera, Ana diz ao pai:

– *Sua filha quer que você fale com ela, quer ser ouvida por você, não por mim. Ela não tem o que falar para mim, mas tem muito a dizer a você.*

– Não, não, não sei falar com ela, não entendo o que diz, é igual à mãe, por isso a trouxe aqui, para que você fale com ela.

– *Vamos então falar juntos?*

– Não, não posso.

Levantam-se e saem para nunca mais voltar.

ACORRENTADOS

Ana recém-formada, pouca experiência, pensava que sabia das coisas, que podia transformar o mundo com boa vontade e muito amor.

João chegou. Moço bonito, forte, bem vestido, poucas falas.

Pouquíssimas.

Sessões longas, arrastadas, João fazendo pose, contando violências.

Um dia veio com uma bengala, pequena, elegante, de dentro dela tirou uma faca.

Outra vez, mostrou correntes que enrolava nos braços. Briga de rua.

Ana pasma, com medo.

Falar o quê?

Não encontrava palavras, nem pensamento.

João se exibindo, cada vez mais forte, contente de assustar, valente.

Certa manhã Ana leu no jornal, no necrológio.

João da Silva.

Seria o mesmo?

Nunca mais voltou.

O LUGAR DAS MULHERES

Dificuldade com as mulheres, não conseguia namorar seriamente. Como respeitá-las? Só pensavam em se divertir, só se interessavam por seu dinheiro.

Olhava diretamente nos olhos de Ana, desabusado.

– *E você? Por que acha que precisa de análise?*

– Foi meu primo quem indicou. Não acho que preciso.

(Mas você veio, pensou Ana.)

– *Se acha que não precisa, então não tem por que começarmos uma análise.*

Semanas depois João volta.

– Quero fazer análise.

– *Por quê?*

– Maltrato muito as mulheres, não tenho respeito por elas, sei que não é bem assim, mas não consigo mudar.

– *E o fato de eu ser mulher?*

– Com você é diferente.

– ...

– É diferente, não sei.

– *Talvez porque não o aceitei?*

– Você me fez pensar, é a primeira mulher que me fez pensar.

(Sedução?)

Sessões pautadas por relatos crus e factuais de suas conquistas. Prazer sádico em desprezar as mulheres.

– São todas umas putas, umas fingidas. Mais mando elas embora, mais grudam, choram.

Vinha da rua com os sapatos sujos, molhados de chuva, com folhas de árvores pregadas nas solas. Deixava rastros de sujeira no consultório, no tapete, no divã.

– *Será que você quer deixar uma marca de sujeira aqui?*

Resmungava desculpas. E continuava a sujar o consultório, sem nunca limpar os pés.

– Expulsei um velho que estava parado na sua porta. Ele esperava a mulher que está com câncer, tinha uma consulta no hospital.

– *É uma demonstração que você faz aqui pra mim, de crueldade e grosseria?*

Riu.

A fala de Ana não tinha o poder de tocá-lo, nem de fazê-lo pensar. João fazia com ela o que fazia com as outras mulheres, desprezo e desconsideração. Ana perguntava-se se existia análise, se havia condições para que uma análise pudesse ocorrer, se havia demanda verdadeira, se jamais teria ela realmente existido.

– Sei que você se casou novamente. Ainda

bem que não foi com um negro, sentiria o cheiro dele no seu corpo.

Ana sem fala. Como se tivesse levado um pontapé no peito. Agredida, invadida pelo sadismo de João. Voltara porque ela o tinha mandado embora da primeira vez? Pagava direito, fazia questão de não atrasar os honorários. Seria ela mais uma conquista barata, mais uma puta a quem se paga para maltratar?

– Vi você naquele casamento de sábado.

– ...

– Vi seu marido.

– ...

– Vi o carro dele. Carrão.

– ...

– Dei uma volta, olhei as mulheres, não tinha nenhuma que prestasse, fui embora.

– *Você estaria sugerindo que aqui também na análise...*

– Análise? Que análise?

– *Você tem razão, aqui não tem análise.*

Ana levantou-se e abriu a porta.

(Atuação?)

(Ato analítico?)

Muito tempo depois...

– Você foi a primeira mulher a mandar João embora, mostrou a ele que não precisava do dinheiro dele. Bem feito, isso lhe fez muito bem, disse uma amiga a Ana.

– *Você o conhece!?!*

– Não, não conheço.

– *E como sabe dele?*

– Ouvi contar.

ALÍVIOS

Início dos tempos de Aids.

Primeira entrevista.

Ele, casado, pai de dois filhos pequenos.

Saía todas as noites depois do trabalho – bares, boates. Deitava com uma, duas prostitutas, e depois ia para casa.

Encontrava a mulher na cama, já dormindo.

Transava com ela. Sem se lavar. De propósito.

– *Por que faz isso?*

– Não sei.

– ...

– Me fez bem contar pra você. Me sinto aliviado.

Nunca mais voltou.

A MENINA DO LADO DE LÁ

Surgem no consultório assim, sem nenhum horário marcado.

Maria, jovem, no desabrochar da adolescência. Magra, muito magra, ainda linda em sua esbelteza quase transparente, estame de árvore em brotação.

– Trouxe minha filha para uma consulta; como vê, está muito magra, não come nada. Acha-se gorda. Quero que fale com ela.

Maria não olha a mãe, não olha para Ana, parece querer fixar algum ponto muito além daquele lugar.

(Como lidar com essa situação tão grave, tão delicada? Com essa mãe explodindo de ansiedade, invasiva em sua angústia, com essa filha tão distante, tão defendida?)

– Você gostaria de falar comigo?

Maria segue Ana para o consultório. Senta-se e mostra-se em todo o seu esplendor, passiva, pele alva, rosto plácido, objeto de deleite para o olhar de Ana, no limite exato entre a beleza e o horror que se avizinha.

(Expõe-se feito um quadro, uma gravura, pensa Ana.)

Leve sorriso lhe paira nos lábios.

– Posso fazer algo por você?

– ...

(O que fazer, o que falar para tocar Maria? Ana acha que só pode falar de si, de seus sentimentos para tentar chegar até ela, para tentar colocar em palavras algo que Maria não consegue ou não pode formular – mas Ana não sabe se terá tempo; Maria está magra, muito magra, o médico vai querer interná-la.)

– *Sua mãe a trouxe aqui para que eu faça alguma coisa, mas nada posso fazer se você não quiser.*

– ...

– *Mas posso lhe falar de minhas impressões. Me parece que você não agüenta ouvir nada, que se sente invadida com esse movimento à sua volta e quer ser deixada em paz, sossegada em seu canto, em algum lugar onde está apenas você.*

– ...

– *E que usa o silêncio, usa seu corpo como uma forma de resistência a essa invasão.*

– ...

– *Não vou chatear você, não vou falar que está muito magra, que corre perigo de vida, que precisa comer, não vou dizer nada disso porque você já sabe, isso não parece ser importante no momento. O que importa é ficar quieta, sozinha, sentir seu corpo, sua respiração, seus órgãos, sentir como está emagrecendo pouco a pouco...*

– ...

– *Não tenho muito mais a dizer por agora. Se quiser voltar, espero você amanhã.*

– ...

Acena com a cabeça e vai embora, sempre olhando para algum lugar além dali.

Volta na sessão seguinte e em várias outras, enquanto Ana percebe seu emagrecimento gradativo, inexorável. Sempre passiva e calada, Maria usa o corpo de escudo contra qualquer tipo de afeto. Fala, no entanto, que gosta de vir às sessões.

– Você não fica me enchendo, me dando conselhos babacas, você me deixa em paz.

(Ana percebe que qualquer palavra ou gesto são vivenciados como "algo a mais", ou seja, que precisa ser muito econômica nas falas para que Maria não se sinta forçada a ingerir "alimentos" que não deseja, dos quais tem nojo.)

Continua a emagrecer, indiferente à crueza de seu corpo, à sua desnutrição.

– O médico disse que se eu emagrecer mais cinqüenta gramas vai me internar, vai me entubar.

– *E o que você vai fazer?*

– ...

– *Parece que seu único modo de resistir é usar o silêncio e não comer... Será que não há outras maneiras?*

– ...

Deixa de vir às sessões por três semanas. A mãe avisa que a filha foi internada.

Depois de um mês, Maria retorna. Está redonda, horripilantemente redonda.

– Ele me internou, me entubou, me deu comida à força. Se quiserem que eu coma, então vou comer.

– *E você? O que será que quer?*

– ...

Continua a vir às sessões, cada vez mais gorda, passiva, com sua pele alva, rosto plácido, objeto de assombro para o olhar de Ana.

(Expõe-se feito um quadro, uma gravura.)

Leve sorriso lhe paira nos lábios.

Bela Adormecida

– Dr. João indicou seu nome para eu fazer terapia. Fiquei meio deprimida, tomei uns remédios, estou aqui.

– *Por que acha que Dr. João recomendou que fizesse terapia?*

– Não sei... Ele disse que é bom eu saber de meus problemas, contar de mim, sei lá.

– *Gostaria de falar de você?*

– O que você quer saber?

– *De você, de sua família, do que gosta, do que não gosta, do que a incomoda.*

– Bem, me casei há dois anos, meu marido é muito fechado.

– ...

– Gosto de sair, de dançar, de viajar, de me divertir, ele é muito sério, só pensa em trabalhar, ganhar dinheiro. É ciumento, possessivo. Me fez cortar a amizade com meus amigos, com minhas amigas. Diz que são todas umas putas.

– *Putas?*

– É; só porque elas são alegres, gostam de dançar, de dar risada, de namorar.

– *Onde vocês se conheceram?*

– Numa festa... numa festinha...

– *Festinha?*

– É... festinha...

– ...

– Era um grupo de garotas... nós éramos chamadas para alegrar as festinhas de executivos ricos, sabe como é?

– *Não, não sei; como é?*

– Éramos um grupo de moças, uma delas organizava tudo; quando tinha uma festa avisava as outras, nós íamos nos divertir, dançar, dar risada, comer bem, beber, distrair os executivos.

– *Distrair os executivos?*

– É, conversar, dançar, dar risada. Rolavam uns beijos, não passava disso. Não tinha cama, era só diversão, esse era o trato.

– *Foi assim que você conheceu seu marido?*

– Pois é, ele se enrabichou por mim. No começo não dei bola, ele era meio gordo, não fiquei atraída, mas tanto insistiu que acabamos saindo, saindo e casando.

– ...

– Pois é, acabei casando.

– *E como é seu casamento?*

– Como eu já falei, ele é muito sério, muito ciumento. O que me incomoda também é que temos uma governanta que toma conta da casa, e quando ela atende o telefone, ao invés de dizer alô!, diz Mansão dos Figueiredo.

– *Mansão dos Figueiredo?*

– É o nome da família, gente muito rica, muito fina, muito... muito tudo. Não gosto que ela fale assim, já disse mil vezes, mas não adianta. É esnobe, fresco. Agora também sou Figueiredo, mas me sinto mal.

– *O que é ser Figueiredo?*

– É ser chique, rica, importante. Todo mundo cumprimenta, sorri, trata bem. Posso gastar muito dinheiro, me vestir bem.

– ...

– Só que...

– ...

– Tem um problema... Ele só gosta de transar comigo quando estou dormindo. Tenho de fingir que estou dormindo, ele não quer que eu me mexa, preciso ficar parada, dormindo, fingindo de morta.

– ...

– Acho esquisito, não consigo gozar. Fico excitada, tenho vontade de me mexer.

– *Você não gosta de se sentir um objeto, uma boneca.*

– Não, não gosto.

Essa a primeira entrevista de um tratamento que durou seis meses. No decorrer do tempo, Maria cada vez mais incomodada em sua posição de boneca, de morta, e também mais ameaçada pela análise.

– Está ficando cada vez mais insuportável essa brincadeira de morta, não agüento mais, não quero mais.

– Hoje você se atrasou, quase fui embora. Depois pensei, coitada, se eu fosse embora você ficaria aqui me esperando. Coitada, fica aqui o dia inteiro, presa nesse consultório, sem poder sair. Por isso não fui.

– *Parece que você fala para mim o que sente que acontece com você, que se sente presa, sem poder se mexer, sair do lugar.*

– É verdade, mas você também está presa.

– Tenho medo que a análise me faça separar de meu marido, não quero me separar.

– *Como a análise faria você se separar de seu marido?*

– É que começo a pensar coisas que não pensava antes... Acho que você não está presa, está aqui porque quer.

– O que devo fazer? Para manter meu casamento tenho de me submeter, senão acaba em desquite, em separação. Depois de seis meses Maria engravidou.

– Estou grávida, acho que é uma menina. Agora não sinto mais vontade de me mexer, agora não quero mais. Tenho medo, medo de ter vontade de me mexer.

– *Será que engravidou para não mais se mexer?*

– Não posso, não quero. Vou parar a análise.

Maria morreu no parto.

... e outras histórias

A NOIVINHA

Peitinhos começando a brotar, leve penugem no púbis, no buço, nas axilas. Cheirinho de suor, cheirinho de corpo, não havia banho que desse conta. Uma coisa, não sabia onde. Sonhava com não sabia o quê. Acordava suada, ia pro banho, não tocava as partes, a água acalmava.

Arrumava a cama, perfeição profissional. Nenhuma ruguinha no lençol, na fronha, na colcha. Uma coisa no corpo, não sabia o quê nem onde. Rezava várias ave-marias, painossos, os dedinhos pequenos percorriam o terço duas, três, cinco, oito vezes por dia. De repente religiosa a mais não poder. De onde? A família perguntava-se. Contava os degraus da escada que levava ao dormitório. Os pares nos dias ímpares, os ímpares nos dias pares. As riscas dos ladrilhos do chão do banheiro, precipício negro sem-fim.

Uma tortura dormir. Menstruou. Só uma vez. Os peitinhos pararam de crescer. Não tinha mais cheiro. Aquilo que sentia não sentia mais.

Agora sim podia se casar com Jesus.

AFLIÇÃO NA BOCA DO ESTÔMAGO

Sono no centro da testa, olhos pesados, sem um pensamento para me ajudar. Um buraco não sei bem onde, que preencho com chocolate. Amargo.

Enjôo

mortífero da comida, da bebida, do cigarro,
da vida. Chuva forte, água densa, espessa,
que inunda ruas, vielas, ladeiras, avenidas.
Abre a boca, o peito, o ventre, as pernas. A
água penetra, lava tudo – o vômito, a tris-
teza, a náusea, o enjôo mortífero da comida,
da bebida, do cigarro, da vida.

O Andarilho

Não pisava linhas, nunca. Punha o pé no meio dos ladrilhos, lajotas, pedras e montanhas, evitava o mais que podia linhas e fronteiras. Era seu esporte, sua especialidade, sua paixão. Não pensava em nada. Concentração absoluta, jamais pisava uma. Desenhava no chão linha longa, reta, curvilínea, montanhosa, só para andar ao lado, em equilíbrio mortal.

Um dia desenhou um risco imenso, que começou no chão, subiu para o céu, lá se perdeu. Resolveu pisar nessa linha, frágil, que o levou para o outro lado.

Desde pequena

Tinha noção da belezinha que era, belezinha do papai que ralhava com todos, menos com ela. O olhar doce e terno dele a pintava de arco-íris. Tinha roupinha de frufru com rendas e babados, verdadeira bailarina que papai enfeitava com doçura.

Pouco a pouco aprendeu a segurar o olhar dele. Linda, lindinha, diferente da mamãe. Muito diferente.

Casou-se uma, duas, três vezes, não conseguia agradar.

Um dia papai perguntou, por que, minha filha, seus casamentos nunca dão certo?

Porque não me casei com você, papai.

ERA UMA NOITE DE LUAR E EU ESTAVA SÓ,

o calor da noite, o ar irrespirável, e o corpo indiferente, esvaía-se em bolhas aquosas, a carne desfalecida. A lua, apagada no vazio de qualquer desejo. Meu corpo, órfão de toques; meu pensamento, deserto de imagens. Só percebia minha respiração superficial e curta, num ritmo que diminuía, diminuía, rarefeito, quase à extinção. Experimentava a morte próxima, novamente desejando algo, desta vez, desejo de nada.

Captura

Sou voraz, consumo imediatamente tudo que vejo. A língua, chicote cortante, apanha a comida, cozida, congelada, crua, qualquer que seja e, com gesto seco, enche a boca oca.

Saliva abundante, mastigo depressa, o alimento desce pela garganta em movimentos ondulares. O estômago contrai-se e dilata, aflito com a velocidade do volume que chega. Dormência nos olhos, no corpo; a preguiça espraia-se devagar feito sombra no final da tarde.

Líquidos começam a fermentar, ácidos verdes separam gorduras, enzimas, enquanto bolhas de ar sobem e descem preguiçosas num tubo escuro, antes silencioso.

O processo impõe-se, lento, invisível, alimentando ou envenenando o sangue, as células, os órgãos, ossos, pele, cabelos, humores. O tempo passa. Durmo assombrada por pesadelos. Espero, angustiada, o dia seguinte, quando novamente serei capturada.

Encontro marcado

Sozinha na casa. De propósito. Sentia que chegava. Desligou o telefone, o computador, a campainha. Apagou as luzes. Sentia que chegava bem devagar. Anestesiada, sonâmbula, abriu a geladeira. A luz forte a atingiu, o frio também. Estremeceu. Respirou fundo. Devagar recuperou a calma. Narinas abertas, lábios ressecados. Já sabia. Ali ficaria, em pé, por horas. Até esvaziar a geladeira, o freezer, comer toda a comida congelada, toda a comida jogada e catada do lixo. Já sabia.

LUZIA DE NOITE E DE DIA

Feito estrela no céu. De dia, dourada, de noite, prata pura. Gorda, risonha. De seu hálito, cheiro de leite; de sua pele, também. A mãe, encantada, o pai mais ainda. Chamaram-na Luzia por conta da luz que emanava. Cobriam o corpinho que jamais viu sol. No calor, cambraia fina, no inverno, lãzinha penteada, macia.

Luzia cresceu feito jóia preciosa, embrulhada em roupinhas delicadas, protegida dos olhares curiosos. Segredo do papai e da mamãe. Só deles.

Um dia, assim mesmo, sem mais nem menos, amanheceu opaca.

Morto

Ataque fatal, rápido. Tudo terminado em poucas horas. Coração dilacerado, o meu; o dele também. Arrebentado, explodido. Ah!... que dor, meu Deus! O que é que vou vestir? Será que as pessoas gostam de ver o sofrimento dos outros? Eu gosto? Acho que não.... acho que sim... voyeurismo... depende... se gostamos da pessoa, sofremos, choramos junto. Mas existe a curiosidade. A gente gosta de olhar, olhar a viúva, olhar o morto; há um descaramento, encarar é permitido, que horror! Estou um pouco gorda, um pouco inchada. De chorar, de sofrer. Acho que é intoxicação. Como é que isso foi acontecer? Sinto-me gorda, deveria estar magra, mas estou gorda. Então não posso ir de vestido. Calça comprida. Preto pela manhã? Nem pensar, me abate muito, meu cabelo então, murchou todo. Ai, meu Deus, e agora? O que vai ser da minha vida sem ele? Bege? Sim, bege fica elegante. Viúva, triste, dilacerada, desgraçada, infeliz, mas elegante. Botas ou mocassim? Vai esquentar? O dia promete. Se tiver de andar muito, melhor sapatos baixos. Italianos. Menos elegantes que botas altas. Ao inferno a elegância! Óculos escuros, aqueles franceses lindos que ele me deu. Gostava de me ver bonita, arrumada. Ai que dor... não posso me desesperar, ele era tão controlado. Por isso arrebentou o coração. Óculos escuros, aqueles. Escondem bastante, não gosto de ficar tão exposta, mas não vai ter jeito. Não suporto que fiquem com pena de mim. Mas não tem jeito. Sou a figura principal. Hoje, ele é coadjuvante. Já era, já foi. Que é isso?! Isso é jeito de pensar? Pára com isso! Será que estou com raiva dele porque foi embora assim, sem mais nem menos?

Coitado. Ele?

Não, ele não.

Coitada. Eu.

MÁQUINA DE FILMAR

Ficava vermelha por tudo e por nada. Era uma onda de calor que inundava o rosto, suas orelhas. Bastava que olhassem para ela, que lhe dessem bom-dia. Andava duro, tropeçava, sentia que todos a miravam, até na rua. Apertava os lábios, as nádegas, fixava o chão. Morria de vergonha, timidez atroz, paralisante.

Quando pequena, imaginava uma máquina de filmar que registrava todos os seus movimentos, toda a sua vida. Como num filme. Precisava estar linda, sempre pronta para um instantâneo. Fazia poses no espelho, ensaiava gestos, expressões.

Um dia aconteceu, nem sabe como. Descobriu que não havia máquina filmando sua vida. Nenhuma. Que todos os olhares de todas as pessoas do mundo não estavam focados nela. Que não precisava estar linda para qualquer instantâneo, pois não haveria tal instantâneo.

Perdeu a vergonha.

E mais alguma coisa.

UTI. O pai em coma profundo, ela junto, em todas as visitas, todos os dias, a qualquer hora. Fora dos horários oficiais. O pai em coma profundo. Cruzada contra a morte. Só daria trégua quando ele acordasse e saísse de lá. Hora boa para falar com ele. Ele ali, calado. Lugar bom para pensar e repensar a vida. Principalmente as escolhas amorosas. Pai forte, autoritário, ela escolheu homens fortes e autoritários. Não deu certo. Uma vida e mais de uma, nessas recordações.

Do fundo da sala, ele surge. Ela, um pouco míope, não o reconheceu de imediato, mas notou o movimento de recuo. Veio para uma visita, fora do horário. Seguramente para não encontrar ninguém. Seguramente não esperava encontrá-la. Não queria encontrá-la.

Ela míope, ele envelhecido, um pouco desbotado, encolhido no corpo outrora belo. Chegou perto, reconheceu os olhos de águia, hoje apagados. O pai de testemunha. Como vai?

Bem.

UTI. O ex-sogro em coma profundo. Queria visitá-lo, falar com ele, mesmo que não respondesse. Escolheu uma hora especial, fora do horário permitido. Não queria encontrar ninguém, muito menos ela. No fundo da sala uma cama enorme, ele deitado, em sono profundo. Ao lado alguém velava, falava com ele. Não a reconheceu de imediato, mas era ela, seguramente ela. Gorda, envelhecida. Tentou recuar, era tarde. Ela o viu de longe, não o reconheceu. Talvez ainda desse tempo para ir embora. Chegou perto.

Como vai?

Bem.

O BANHO

Finalmente sozinha depois de um dia cansativo. Rodeada de pessoas alucinadas, delirantes. Finalmente sozinha. Em casa, tudo limpo, diferente do hospital. Aroma de flores, não de desinfetante, não de sofrimento.

Tirou da gaveta o sabonete de leite e mel, a toalha alvíssima, a espuma de banho dourada. Abriu a torneira de cromo polido, água tépida e transparente. Banho longamente desejado depois de um longo tempo no hospital cinzento.

Os colegas, gente estranha, olhares oblíquos, sorrisos misteriosos. Talvez contagiados pelos pacientes. Diziam que também ela era estranha, olhares oblíquos, sorrisos misteriosos. Pudera. Para sobreviver no meio deles tornara-se igual.

Mas se sabia diferente. Gostava de ficar sozinha. Som de música suave, não o ruído de gente que fala, grita palavras sem sentido, agressivas. Gente feia, desgrenhada, dignos de piedade. Seu coração partia.

Em casa, silêncio tranqüilizador, aroma calmante e o banho, tão desejado. Pôs um pé na água e sentiu o calor percorrer a pele, em antecipação ao prazer.

De repente, um calafrio. Uma, duas, três vezes. Conhecia esse sinal. Novamente. Cada vez mais forte. Tirou o pé da banheira, o corpo arrepiado, a nuca eriçada. Era o sinal, seu conhecido... Alguém estranho em sua casa... Alguém estranho...

Tremendo de frio e de medo, aproximou-se devagar, olhos fechados.

Não queria ver o que já sabia... alguém estranho olhando para ela... lá, bem do fundo do espelho.

Paixão

Três meses no hospital, internada no meio de psicóticas, bêbadas, prostitutas, ladras.

Alucinações, terror, gritos, a tremedeira, o desespero de nunca mais poder beber. Mãe de filhos grandes, quase avó, envergonhava a família, caía na sala de visitas, dava vexame, debochava, cuspia no chão. Morria de vergonha. E de culpa também.

Três meses no hospital, internada no meio de psicóticas, bêbadas, prostitutas, ladras.

Voltou para casa, humilhada e limpa. O marido tinha preparado uma surpresa. Um grande bar, novo, tilintando de cristais reluzentes, taças e dezenas de garrafas de bebidas caras.

Um imenso vaso de rosas vermelhas.

Sinal de sua paixão.

UMA FOTO

Uma festa, vestido negro, sorriso congelado em pose de mulher bonita e feliz.

Negro, o coração; azuis, os olhos esvaziados, que fitavam não sabia o quê.

Um piscar de olhos.

OUTRA FOTO.

Outra festa, vestido negro, sorriso congelado em pose de mulher bonita e feliz.

Ligeiro, o coração; azuis, os olhos sorridentes, que fitavam não sabia o quê.

Family life

Casada há muito tempo. Dezenove anos, vinte e um, vinte e quatro? Por aí. Tinha perdido a conta. Filhos crescidos, morando longe, cada um num canto. Idade deles? Não sabia bem. Dezoito, vinte. Tinham nascido depois do casamento. Disso tinha certeza. Ao menos. Com o marido dava-se bem. Bem? Não sabia mais. Não brigavam, ele voltava pra casa toda noite, cansado, calado. Toda noite, sempre igual. Não o beijava mais.

Um dia tinha gostado do cheiro, da voz, das histórias, de fazer amor com ele. Ela em casa, feliz. Feliz? Os filhos cresciam, ela engordava, ele por ali. Sempre igual. Ela em casa, ordeira, comida na mesa.

Um dia conheceu um homem. Bonito. Virou amante. Ruim de cama, apressado, não olhava nos olhos, fedia a cigarro. Pra quê?

Tentou suicídio. Quase conseguiu. Nuinha, uma perna no parapeito, o marido chegou. Ficou louca? Chorou, gritou até mais não poder, perdeu a cabeça.

Foi internada.

De novo em casa. Tudo igual.

De diferente, os olhares dele, os silêncios mais longos.

– Cheguei. Ainda ao telefone?

– Tá cansado?

– E sem vontade de falar.

– Aconteceu o quê?

– Nada.

Televisão, o controle na mão, sem olhar pra ela, sem perguntar se podia trocar de canal. Ela ao lado, olhava sem ver, ouvia sem escutar. E se fosse um cachorro? Ia dar na mesma. Bastava ficar ali, quieta.

Suicídio de novo?

Nem pensar.

Um dia ele morreu. Ficou sozinha. Comprou o cachorro. Bonito, branco.

Televisão, controle só pra ela. Feliz. Felicíssima.

Finalmente.

❧❧❧

Casado há mais de vinte anos, três filhos lindos, todos casados, uma já separada. No início se preocupou com ela, agora não mais. O problema era a mulher. No princípio paixão, atração louca, muito sexo. Gostava do cheiro, do hálito, de conversar. Conversavam pouco, é verdade, era calado, caladão, diziam. Depois do amor queria ficar quieto, curtir o silêncio, a respiração tranqüila, sono reparador, mãos dadas como se tivesse morrido junto dela, dentro dela.

Impossível.

– Você ainda me ama?

– Amo.

À noite voltava cansado. Queria ficar perto, mãos dadas vendo tevê. A casa, porto seguro, a mulher, dona do lar, do seu coração. Queria repousar, fechar os olhos sem medo. Lá podia, só lá. A mulher sempre querendo conversar, ele não conseguia. Ela triste, engordava, enfeava, ele aflito, preocupado. Queria-a junto, quieta, calada, quente, adivinhando a angústia de quem não pode falar. Ela arrumou um amante. Não faz isso comigo, você me mata! Não conseguiu falar. No coração, chumbo, na garganta, pedra congelada.

Um dia ela tentou pular da sacada. Ficou louca? Internada, voltou pra casa cada vez mais triste. Preocupado, perdido. Não sabia o quanto era amada? Que era tudo pra ele?

Um dia, ele morreu de ataque.

Ela comprou um cachorro. Bonito, branco. Televisão, controle, só para ela.

Sozinha. Sem jamais saber o quanto fora amada.

Sou a filha mais velha, calada como meu pai, angustiada como minha mãe.

Meu pai parecia triste. Talvez não fosse, sei lá. Chegava em casa cansado, quieto, ia para a televisão, queria minha mãe perto, segurava na sua mão. Pra quê? Só ele sabia.

Eu via sua solidão, entendia seu gesto.

Minha mãe se dizia feliz. Não parecia. Queria conversar, não tinha com quem.

Eu queria ser diferente da minha mãe, ter um homem diferente do meu pai.

Arranjei um namorado. Bonito. Calado. Briguei. Arrumei mais um, depois outro e outro. Todos idênticos. Casei com um. Separei. Nunca mais.

Entrei para o circo, aprendi a brincar, a voar no trapézio, a cair na rede, a mergulhar na roda de fogo, a dançar na perna de pau, a cantar desafinado, a gritar sem motivo, gargalhar também, namorar, até chorar.

Virei conversadeira, alegre.

❧❧❧

Acho que meu marido me amava. À moda dele, sei lá. Minha filha entrou para o circo, voa nos ares, dança no picadeiro. O irmão virou mágico. Da cartola tira coelhos; do bolso, moedas, fitas coloridas da algibeira. As crianças riem, eu também, ele cobre o mundo de mágica.

O outro filho virou joalheiro. E equilibrista. Dos bons.

PÓS-ESCRITO

*Meu desejo de escrever sobre psicanálise sempre se chocou com o fato de escrever **sobre** psicanálise.*

Desejava escrever a clínica, relatar o corpo a corpo, a carne, a respiração do que acontece no encontro psicanalítico. Para isso, a teoria imporia um distanciamento que não serviria ao projeto. Além do mais, textos teóricos são produzidos em nosso meio de forma abundante e competente. Não gostaria de escrever mais um. Desejava escrever a clínica sem os limites do discurso teórico. Desejava relatar algo que pudesse tocar e sensibilizar o leitor leigo, almejando uma linguagem coloquial e, ao mesmo tempo, manter o rigor teórico.

Essa a minha proposta: falar de meu trabalho, de maneira acessível, porém de modo que os que conhecessem a teoria encontrassem nos textos todos os conceitos metapsicológicos com os quais trabalhamos sem que fossem nomeados. Eles permeiam meu trabalho, são a referência e a bússola que orienta o ofício do psicanalista.

Pela clínica encontrei a via de contar o que se passa com as pessoas que vêm procurar ajuda, o que se passa com o analista, no encontro, no mais das vezes, tão difícil.

Na medida em que os casos foram sendo relatados, me dei conta de que fiz um recorte (inconsciente) de casos em que a interrupção do tratamento era o mais evidente. Num primeiro momento, isso me assustou. Por que essa escolha?

Sem dúvida uma escolha arriscada, pois privilegiei os casos que não tiveram "sucesso terapêutico".

*Como acredito no Inconsciente, resolvi apostar nesse caminho: talvez seja o de mostrar com **todas** as letras as dificuldades e o sofrimento de **todos** os atores envolvidos nessas histórias do divã, momentos de vida que me foram entregues em confiança.*

Um texto,
quatro olhares

Um texto
quatro olhares

ALGUMAS PALAVRAS

Em busca de um sentido as palavras soam, escorrem, ecoam. Ao ecoar desenham os contornos da alma, o indizível nas fronteiras do dito. Escapa ao ouvido de quem fala, mas não de quem ouve. Uma fala, uma escuta.

Histórias do divã. Histórias que, muitas delas, precisam, como nos mostra Sylvia Loeb em seu belo texto, ser historiadas. O narrador, na sua fala, vai construindo a história de si, engendrando novas figuras. Impossível deter este movimento, inerente à palavra, que porta em si essa ambigüidade da multiplicidade de sentidos.

Mas, na narrativa, também as palavras calam, tapam, disfarçam aquilo que se agita e ameaça irromper. A irrupção do novo, do desconhecido, ameaça a unidade do eu. Histórias do divã. Histórias tocadas e despertadas pelo corpo, pela alma, pelo som, pela fala. Alguém que acredita ser o que não é, ou o que não foi.

Alguém sofre pelo que é, pelo que não pode ser.

Prisioneiro de um fantasma, segue o roteiro que acredita ser seu destino. Tarefa árdua a de desconstruir o sabido para construir o novo, em uma história antiga. Assim, a palavra devolvida ao seu autor, desconhecida dele mesmo. Um autor defrontando-se com sua autoria, surpreendido pela sua criação. Pensamentos não pensados, pensamentos sem sujeito. Freud já o afirmou. Falei ou falou? Quem em mim? Eu? Chegarei, talvez, a afirmar que falei. Não posso negá-lo e há testemunhas. O ouvido do outro me faz ouvir minha própria fala. O ouvido do outro está lá para isso, para testemunhar que não falei em pura perda. O outro, tela de projeção, tela que "me" recolhe nos "meus" fragmentos.

Aos poucos, no lusco-fusco desse processo de fala, no espaço de sombras fantasmáticas que uma análise propicia, o eu começa a se aventurar. Defendido, retrocede. Difícil momento no percurso de uma análise.

Sylvia Loeb traz, através de suas histórias do divã, um exemplo corajoso destes impasses, e nos mostra o trabalho de uma "co-autora" de histórias, na tentativa de devolvê-las a seus autores.

Cristina Perdomo

FLASHES SOBRE A VIDA

Os breves relatos da Sylvia, uns quantos apenas encontros sem prosseguimento, podem dar uma impressão equivocada sobre o trabalho desta analista. Tive a ocasião de acompanhar de perto o seu dia-a-dia profissional e fui testemunha, em vários casos, de uma admirável tenacidade em seu trabalho clínico e de sua capacidade de dar conta de situações quase impossíveis, transformando desafios em sucesso ao longo de análises que se estenderam por inúmeros anos.

Nesta coletânea, ela nos oferece relatos clínicos na forma de instantâneos pelos quais podemos entrever os dramas da vida onde se entrelaçam a "infelicidade comum" e a "miséria neurótica". Flashes sobre "dramas da vida" que nos despertam para o que essa expressão tão usual contém de abstrato, de genérico ao esconder o caráter trágico e absurdo, as ilhas de *nonsense* de que são feitas as vidas humanas quando vistas em cortes mais acurados, como aqui, pelo olhar de uma psicanalista.

As vemos, então, como amontoados heteróclitos onde se vêem pedaços de vida ao mesmo tempo estranhos e banais, feios, sofridos, de um sofrimento arrastado, tão diferente da visão corrente, habitual, superficialmente partilhada em nosso convívio social; nesta as vemos como um movimento relativamente linear, atrapalhado aqui e ali por algumas trepidações.

O ser humano que a psicanálise encontra é, na verdade, estranho. Cada um de nós aparece como um ET, cada ET pertencendo a um mundo misterioso e diferente um do outro. E, no entanto, como os ETs de cada um destes relatos, neles nos reconhecemos em nosso "fundo" comum, por mais que com isso desdigamos sem perceber a película mistificadora de nossa visão rotineira sobre as nossas vidas.

E é pela fala que se constituem esses mundos: dos pacientes falando para um analista, de um analista falando para outro – sempre que a fala chega a ser fala de verdade.

Nenhum discurso psicológico dá conta dessa estranheza, dessa lógica sem lógica que estes relatos deixam entrever. Podemos, por eles, intuir a necessidade de dispormos de recursos metapsicológicos sempre que queremos – ao "fantasiar metapsicologicamente" – dar um suporte teórico para o transcorrer clínico psicanalítico.

Os relatos aqui reunidos causam estranhamento, oscilamos entre o interesse e o rechaço, por vezes buscando imperceptivelmente situá-los em alguma categoria: não sendo relatos clínicos com moldura teorizante, seriam contos, não, não são contos, mas espécies de crônicas... seja o que for, tratar-se-ia de tentar categorizá-los, dando-lhes uma familiaridade que não têm.

São testemunhos de pedaços de vida, movimentando-se à contracorrente entre o mar e a rocha. Ficam batendo contra alguma coisa que se desenha na linha do horizonte e que você, Sylvia, nos lembra em seu título ser a pulsão de morte. Pulsão de morte que, sob o bizarro movimento marcado pela vida pulsional, aparece nestes relatos como sombra de *nonsense* que vem colorir toda vida humana. A metapsicologia não está nos relatos, mas está por ali.

Luís Carlos Menezes

HISTÓRIAS MÍNIMAS DA VIDA COTIDIANA

Na primeira parte, *Contos do Divã*. Relatos de situações clínicas entre um analisando designado genericamente – João ou Maria – e uma analista, Ana. Relatos enxutos, sem desperdício, que dizem do essencial. Poderiam ser chamados também de "historias mínimas da clínica cotidiana".

Em cada uma delas, o analisando desfralda sua coreografia das pulsões, repetindo no interior da análise suas experiências de dor, amor e violência. Por sua vez, a analista, com a agudeza de sua escuta, vai descobrindo os gozos escondidos naquilo que se apresenta como circuito repetido de sofrimento, pontuando o que foi dito onde não se queria dizer, cortando os movimentos de sedução quando as palavras se tornam gulodices na boca do analisando e testemunhando a repetição que se impõe compulsivamente, desfazendo a possibilidade de continuar o trabalho. Restos de transferência persistem na analista e servem como motor da escrita desses relatos.

Na viagem ao desconhecido que é uma psicanálise, a pulsão de vida monta narrativas, tece histórias, enquanto a pulsão de morte age onde a palavra não está, onde a história não se tece. *Pulsão de morte* é conceito importante, complexo, e eixo de muitas controvérsias no movimento psicanalítico. Sem entrar nessas controvérsias, a autora nos apresenta algumas de suas figuras na clínica. Sem confundir-se com a morte, mas às vezes abrindo caminhos que levam à morte. Sem confundir-se com o ódio – também há "amores que matam" –, mas às vezes ligada a fluxos destrutivos e autodestrutivos, em figuras sádicas ou masoquistas, e, sobretudo, como sombras vampirescas do passado que petrificam a repetição do mesmo e não permitem a transformação, ela nos vai sendo apresentada.

Na segunda parte, *Outras Histórias*. Nelas, a partir dos restos da escuta e da vida, a autora desenha figuras fortes de vida, morte, paixão, loucura, do banal e do complexo no cotidiano dos relacionamentos.

Analista e escritora compartilham a crença na possibilidade de explorar a complexidade da linguagem para nela fazer caber aquilo que pertence ao mundo das paixões, as pulsões, os sofrimentos e os gozos desconhecidos.

Silvia Leonor Alonso

SERIA ESSE O *PATHOS* DA PSICANÁLISE?

O livro *Contos do Divã (pulsão de morte... e outras histórias)* da psicanalista Sylvia Loeb tem um ritmo narrativo ágil, possibilitando uma leitura fácil e agradável. Entretanto, na medida em que avança em sua leitura, o leitor vai sendo tomado por uma crescente, inesperada e talvez inexplicada comoção.

Seus sentimentos ficam esclarecidos na leitura do "Pós-escrito", no qual Sylvia Loeb explicita aquilo que já fora sugerido no próprio título do livro.

Todos os casos ali coligidos são regidos pela pulsão de morte, apontam para a compulsão à repetição, para o eterno retorno que nos leva aos impasses, aos impedimentos, às impossibilidades de mudanças, aos fracassos nas tentativas de buscar o novo.

Ao fazer um recorte muito especifico de sua clínica e privilegiar o tanático, Sylvia Loeb nos mostra o lado negro, mais difícil e doloroso de nossa tarefa como psicanalistas – aquele que nos faz deparar com limitações, quer sejam as do analisando; quer sejam as nossas próprias, pessoais, que se refletem em nosso papel de analistas; quer sejam as da psicanálise; quer sejam as da vida, do destino, da história de cada um de nós seres humanos.

Desprende-se do livro um *pathos* trágico, despertando no leitor a comiseração e a compaixão pelo sofrimento humano, assim como o desejo de dele poder ter uma maior compreensão e entendimento.

Não seria esse o *pathos* da psicanálise configurado na leitura freudiana de *Édipo Rei* ?

Sérgio Telles

Título	*Contos do divã*
Autora	Sylvia Loeb
Capa	Diana Mindlin
Desenho da capa	Marcos Duprat
Projeto gráfico	Diana Mindlin
Formato	11 X 19 cm
Revisão	Beatriz de Freitas Moreira, Ivan Bonatelli e José Americo Justo
Número de páginas	152
Tipologia	Times New Roman
Papel	Pólen Soft 80 g/m^2 (miolo) Supremo 250 g/m^2 (capa)
Impressão	Copypress